마른꽃과 볼레로

마른꽃과 볼레로

천성자 시집

개미

천성자 시집『마른꽃과 볼레로』는 심사위원과 운영진에게 문학의 기능성을 다시금 생각하게 하는 계기가 되었습니다. 전체 4부의 총 55편 작품으로 구성된 이 시집은 한 사람의 인생이 삶의 미늘로 인한 결핍을 이겨내며 견디는 시혼이 배어 있습니다.

천 시인은 얼마 전 항암치료를 받던 부군이 소천한 바 있습니다. 부군을 간호하는 동안 본인도 신장 투석을 받으며 일희일비(一喜一悲)하는 삶을 지나 이제는 하루하루 스스로의 생을 살아가고 있습니다. 천 시인의 남은 삶을 예비하며 쓴 '마른꽃' 같은 시는 남편을 배웅한 후 헛헛해진 어머니를 위해 그녀의 아들이 마련해준 컴퓨터를 통해 한 권의 시집으로 엮어지게 되었다고 합니다. 그렇게 그녀의 시간은 고요함이 주는 슬픈 '볼레로' 춤곡 같은 서사를 발현해 냈습니다. 천 시인의 시는 투병 중에도 견고하고 단단하며 생에 대한 통찰력이 반짝이는 여름과 가을 사이에 성긴 이파리 같습니다. 천성자 시집『마른 꽃과 볼레로』는 '시들지 않는' 드라이플라워가 영원한 춤곡으로 태어나듯이 이승과 저승의 샴쌍둥이처럼 '오늘'을 직시하며 문학의 기능성이 무엇인지를 극명하게 보여줍니다.

지방자치 분권 시대에 소수문학에 속하는 〈장애인문학〉은 대전광역시·대전문화재단의 후원이 없으면 불가능했습니다. 또한, 이러한 '사회적 가치'를 실천하고 '사회적 함의'를 위한 담론 형성에 전문예술단체 〈장애인인식개선오늘〉의 노력이 호수에 던져진 작은 돌멩이 하나의 파문처럼 유의미합니다. 어수선한 시절을 사는 오늘날 모쪼록 스스로의 결핍을 채우는 투명한 시심을 만나시길 바랍니다.

2024년 12월
전문예술단체 〈장애인인식개선오늘〉
대표 **박재홍**

떠나간 남편과 나의 삶을 돌아보면서 아무도 기억하지 못할 세상에 작은 시심 하나 풀어놓게 되었습니다. 시 한 편으로 저의 선정 소감을 가름할까 합니다.

말랐다는 건 할 일을 다했다는 것이다 모두 피었기에 이 제는 더 필 꽃이 없다는 것이며 더는 살 수 있는 조건이 다 사라져 삶의 끝을 기다려야 한다는 것을 의미한다 말랐다는 건 쓸모 없어졌다는 것이다 쓸모 없는 것에도 아름다움은 남아있기에 쓸모 없다는 말은 거두어야 한다 마른 것 바짝 마른 몸에도 남아있는 마지막 선물이 깃들여 있어 버릴 수 없는 것이다

— 시 「마른꽃」 전문

2024년 12월

천성자

마른꽃과 볼레로

차례

2부

3부

4부

해설

1부

마른꽃

말랐다는 건 할 일을 다했다는 것이다 모두 피었기에
이제는 더 필 꽃이 없다는 것이며 더는 살 수 있는 조건
이 다 사라져 삶의 끝을 기다려야 한다는 것을 의미한다
말랐다는 건 쓸모 없어졌다는 것이다 쓸모 없는 것에도
아름다움은 남아있기에 쓸모 없다는 말은 거두어야 한다
마른 것 바짝 마른 몸에도 남아있는 마지막 선물이 깃들
여 있어 버릴 수 없는 것이다

빈 종

마음의 씨알들을 몽땅 바람에 날려 보냈다
그 하나하나에 담겨 있던 누군가를
남김없이 보내고 비워진 마음 주머니엔
바람이 들어와 돌고 돌아나가도
거칠 것이 없다

그 여름날

텃밭에 수박이 뒹굴고 참외는 이리저리 노랗게 익어갈 때 밤하늘의 별빛은 곱기도 하였다네

아버지는 저녁을 드신 후 모깃불을 피우시고 텃밭 가까이에 멍석을 깔아 어린 나를 아버지 무릎에 뉘어 부채질로 모기를 쫓으셨지

아, 어린 그날의 밤하늘엔 별도 많아 귀로는 아버지의 자장가를 들으며 눈으로는 밤하늘의 별을 헤었다네 눈을 뜨니 어느 결에 난 방에 와 있었지 여름이 덥다지만 모기가 있어 귀찮다고도 하지만 내겐 오히려 그런 계절의 불편함이 만들어준 추억으로 지금까지 나를 행복하게 해주네

지금의 하늘에 별이 많이 사라진 별 추억이 빈 별자리를 메우고 있네

실루엣

빛을 몰아낸 곳에 어둠이 무게를 지탱하고 있다

수탉

새벽부터 한밤중까지 수탉
목청도 좋아서
쉬지도 않고 울어대는
우리 동네 그 녀석

암탉의 맘 훔치려는
사랑의 외침인지

맘 떠난 암탉을
그리워함인지

가끔은 답가를 하는 닭도 있지만

궁금한 건 목청이 얼마나 좋기에
이토록 목놓아 울어도
변하거나 쉬지를 않는다

팡개

아버지께서 살아계셨을 때 들었던 이름인지라 확실한지는 모르겠지만 생김새로 봐서는 '개'가 맞을 듯하다 대나무를 길게 잘라서 아래쪽을 십자로 자르고 그사이를 작은 나무 조각으로 버티도록 박아두고는 끈으로 동여매서 움직이지 않도록 고정시켰다.

벼가 익어가는 즈음에 참새 입맛에 잘 맞는지 볏 사이를 보통 오가는 것이 아니다 줄을 매서 깡통을 달기도 했고, 줄만 달아서 새가 모일 즈음 흔들기도 했다 그러다 정말 안 되겠다 싶을 때면 이... 팡개를 사용하는 것이다

비장한 눈빛으로 진땅의 흙을 콕 찍어서는 새들이 모인 곳에 던져 새들을 쫓는 도구이다 조금은 재밌기도 하고 참새가 밉기도 하고 그렇게 팡개를 사용하여 참새로부터 곡식을 지켰었다 그 여름에 먹고 살기 위해 모여드는 자그마한 참새들과 나는 줄다리기를 하며 보냈다 팡개가 있어 심심찮게 즐거웠다

코뿔소

무기이면서

방패가 되는

뿔 하나

나무

자라고 자라나면 더듬이가 자라고
그 더듬이 자라나고 자라나
하늘에 풍경을 그려놓으면
난 그 나뭇가지 따라 하늘을 오르네

바람 불면 바람에 잠시 밀렸다가
햇살 따가우면 나무 아래 쉬었다가
비 내리면 어느 산가에 들었다가
밤이 오면 어둠을 모은 끝에
매듭을 만들어

높은 가지에 매듭을 걸어놓고
아침이 동터 오도록 바람이
더듬이를 쓰다듬고 있겠지

묘광소나타

　피아노를 잘 치는 그녀의 고양이 그녀의 조각도가 나무곁을 걷어낼 때면 아예 발톱마저 드러낸다 표정은 또 어떻고 어제는 인상까지 써가며 연주하는데 아주 귀가 따가울 정도였단다

　이웃집에서 시끄럽다며 연락이 오고 인터폰에 불이 났단다 녀석 모르는 척 피아노가 부서져라 연주를 하였다나 그녀가 다가가서 이유를 물으니 돌아온 답은 낮에 생선가게에서 훔치려다 실패한 물고기 생각에 화가 난다고 하더란다 생쥐 한 마리가 바스락거리는 바람에 녀석까지 들켰단다 허기사 달이 살 오른 밤 고양이의 연주는 달의 중앙부를 가르고도 남는다

수탉의 노래 1

밤이어도 좋아 낮이어도 좋아
꼬끼오 장단에 목청 돋우어
힘차게 불러보는
장닭의 시원한 노래

여름밤 초승달 귀 기울여 듣네
집집마다 열린 창문
수탉에게 산 능선으로
느껴지려나

고향

　나즈막한 동산엔 저녁나절까지 시끌벅적하다 아이들은 노느라 해지는 줄 모르고 지치지도 않으며 잘도 놀곤 했다 아이들이 하도 놀아서 낮아졌을까 학교를 오가면 꼭 밟아야 하는 길 밭매러 가는 엄마아빠가 꼭 지나던 길가, 가끔은 개들도 좋아라 제 식구랑 놀던 그 길 어른이 되어 가보니 내 어릴 때 보았던 그 길보다 더 낮아보였다 지는 해가 꼭 들렀다 가던 그 길가엔 바람도 낮게 불겠지

달

시골집 탱자나무에 가끔 걸리던 달은 찔리지도 않고
잘 걸려있다 탱자보다 조금 더 큰 달은

무엇으로 만들었기에 터지지도 않을까나 지치지도 않
고 찾아드는 저 달

꽃 피는 계절이면

길가에 바람이 뿌린 마음으로 온통 널려있다
바람에 흔들려 바람이 흔들어
꽃은 잠시 넋을 잃었다

2부

수탉의 노래 2

새벽도 좋아 한밤중도 좋아 홀로 부를 노래 있고
듣는 한 사람만 있다 해도 나는야 목청을 돋우리

어머니 부르시던 노래 아버지 웅숭깊은 장단 소리

우연히 내 노래 듣는 이 있어
그 밤 쓸쓸하지 않으면 좋으리

꼬끼오 곡조 모른다 해도
나는야 수탉 중에서
제일 가는 목청 좋은
꼬끼오 가수

눈이 내리면

나뭇가지마다 뽀얀 길이 나 있다
곤충들의 길은 막히고
길가에 쌓인 눈으로
사람들의 길도 막혀버린다

바람은 자유로이 불어 대고
새들은 찬바람에도
훨훨 하늘을 날아오르고
건너편 산 품에 날아드는
새들로 산은 직벽이 된다

멀리서 바라보면 절벽으로 날아들어 혹여
절벽 아래로 떨어진 건 아닐까
산 곳곳마다 검게 칠한 듯
선은 곱다

눈이 내린 날이면 곤충들은 길을 나서지 않고
방에 들어앉아 있는 모양이다 오랜만에

이야기꽃을 피우는지 눈이 내리면
곤충들이 있는 그들은 가족이 있는
땅 아래에서 열심히 일은 하는지
잘 있는지 그런지

그러자꾸나

바다와 내가 술을 마신다
내가 두 잔
나머지는 네가

마시고 또 마셔도
불그락빛 전혀 없는
푸른 바다의 주량

출렁이는 물결을 안주 삼는 동안
저녁을 알리는 등댓불은 켜지고

불빛 따라 집으로 걸어오는 내 등 뒤로
진하게 풍기는 바다빛 술 냄새와
함께 혀 꼬인 바다의 말
내일 또 와

겨울나무

겨울나무는 잎을 다 떨구고도 나무이기를 포기하지 않습니다

첫

한 음절로도 설레임을 주는 단어

누구나

처음은 서툰 법
너도
나도
우리 모두

지금은 서툴지 않다고 서툰 적 없는 척
하지 말기

추억

    은행에서는 절대 기재되지 않는 자릿수 마트에선 구경
도 못 해보는 물품 그렇다고 공중에 떠다녀서 흔하게 볼
수 있거나 손으로 잡기에는 어려운 그럼에도 사람들의
기억 속에 남아 슬픔을 복받치게도 하고 기쁨을 더해주
기도 하는 아름답고도 애잔한 그 이름 가끔 종종 때때로
찾아드는 봄처럼 너를 만나러 가는 사람들을 본다 지금
누군가는 삶의 어귀에 빠뜨린 채로 살아가기도 한다

옹알이

내 동생 하는 말은 엄마만 알아듣는 말
난 아무리 들으려 해도
알 수 없는
책에도 없는 아기나라
언어

내가 아기였을 때 엄마와 나누었던 말
이제는 나도 자라 동생과 나눌 수 없는
말

내가 엄마가 되면 우리 아가 작은 입으로
오물거리며 들려줄 세상에서 제일 예쁜
말

기억

밀려왔을까 떨어진 걸까
초등학교 5학년의 수첩

물결은 읽었을까
새들은 번역을 해봤을까
적힌 알림 글

바다가 내려다보이는 카페에선
먼지만큼도 보이지 않을
미숙한 듯 큼직한 파도체로
적혀있던 내일

아이는 아이대로
사라진 내일은 내일대로
얼마나 서로를 찾아다녔을지
이제는 바다만이 기억하는
그날의 내일

로그아웃

너의 마음에 문이 달리고 그 문으로 내가 들어가려니 뒤를 돌아보는 네 얼굴에서 난 네 문 앞에 없는 사람이구나 이름만 있고 눈에는 보이지는 않는 나를 향한 네 마음의 표현 그것은

- 이제는 문 닫을 시간입니다 -

네 맘의 문이 닫혀도 닫지 못하는 내 마음의 문은 아랑곳하지 않은 채 네게로 갈 수 있는 단 하나의 문은 잠겼다. 비밀번호를 채운 채.

자작나무가 자란다

우리집에는 자작나무 몇 그루가 자란다

바람을 젖지 않으면서도
햇살엔 부끄러운지 기화해
사라져 버리는

그것이 너무 신기해 손가락으로 살짝 만지면
그 또한 소리없이 부러지고 만다

우리집에 오는 이여 행여 자작나무 보거든
만지지 말고 보기만 하소서

소리없이 부러지면 그 부러짐에 맘 아리니

멸치

떼로 몰려다니다가 한꺼번에 걸려들었다
바닷물에서 올라온 녀석들을
바로 삶아낸다는데
망에 넣어 햇살에 말린다

몸부림치던 녀석 입 벌리고 있던 녀석
허리가 휜 녀석 입 다물고 있던 녀석

바닷물은 날아가고 살점은 굳어가고
바닷속에서 반짝이던 삶은
비늘로 바람에 날리고

팔딱이던 몸은 굳고 물소리까지
말라버렸건만
바다에서 잡혀 삶아졌던
그 모습대로 멈춰있다

다시는 들을 수 없고 몸부림칠 수도 없도록

그렇게 말라 버리고 말았다

성에

유리창은 설렘인지
떨림인지

작은 방울 망울망울
창문 가득 맺혀있어

재미 삼아 쓰윽쓰윽
그림들을 그려보네

햇살 들어 따스함에
줄어가는 물방울들

또 그렇게 오늘 하루
잘잘하게 펼쳐지네

3부

버버들 버들

봄이 온다고
버들

모두가 기다린다고
버버들

다함께 부르자고
버버들, 버들버들

초승달

매달 초순이면 가늘게 기울어진 해먹이 뜬다

손으로 밀면 흔들거릴 것만 같고
바람이 지나가도 흔들릴 것만
어찌 보면 씨익 씨익 웃는 듯도

가을날이면 하늘가의
기울어진 달로 두둥실 떠올라
내 창가 위쪽에 붙어
풍경을 만들어 낸다

바람이 나를 붙들고 놓지 않고
흔들흔들

달 없는 밤

깜깜한 밤에
그나마 어둠을 밀어내는 건
뜨문뜨문 있는 불 켜진 집에서
새어 나오는 빛이 있기 때문
차가운 공기에 달빛마저 없으니
더욱 어둠이 짙다

오가는 발걸음은 이미 끊겼고
창가엔 숲에서 바람 따라 흘러온
나무의 향이 사람을 대신해
이 밤을 감싸고 있다

새벽은 아직 멀어
수탉은 목청을 지금쯤 아껴두거나
횃대에서 꾸벅꾸벅 졸고 있거나
아니면 둥지 비슷한 곳에 몸을
누이고는 새벽을 기다리겠지

비 그치고 나면

밤새
숲은 더 긴 숨을 쉬는지
창가에 더욱 짙은 숲의 그늘이
느껴져 나는 얼른 창을 열고
바람이 실어다 부려 놓은
나무들의 향을 폐 깊숙이
들이마신다

봄밤 1

내 창가에 짙은 숲의 향을
부려 놓은 바람

빗줄기는 가늘게 소리는 아주 작게

월요일
화요일
그리고
수요일

뭐지?

바람은

창밖을 서성이고
나는 창 안쪽에서
실컷 웃어 재끼고,
봄은 흙 속에서
뾰족뾰족 머리를 내밀고
바람이 스칠 때면
봄의 이마에 비추는
햇살에 고개를
알았다고 끄덕이겠지

눈

눈의 죽음은 물이다

이런 문제

며칠 전 눈이 내리던 날
창을 열고 방충망을 열고 손을
길게 내밀었다
눈이 내 손바닥에 떨어졌다
곧 물이 되었다

그리고 오늘 눈이 숨지면
물이 된다

살아 있을 때는 눈
숨지면 물
눈을 뒤집으면
곡

삶과 죽음은
반대

삼월하고도 십일일

맑음, 봄을 간절히 그리워한 날
삼월과 샅바를 쥐고 씨름하는
봄이 거기 있다

봄이, 봄은 그 이름을 부르기만 해도
온몸이 따뜻해지는
그런 날이다

봄밤 2

피어난 꽃으로
꽃등 만들어
너에게로
나서 보련다

길

어머니와 같아
내어주고
밟혀주고
밟힐수록
편안해지기까지 하다

물결

나무도

정박중인 작은 배도

저 멀리 하늘도

물결 따라 흔들흔들
춤을 춘다

봄이야

밤새 내리는 비가 궁금해
창문을 여는 내 뒤에
덧붙이는 남편의 말

봄이야

비 내리는 것만으로도
계절에 민감한 남편

오리배

오리가 물결을 가르며 앞으로 나아가면
소녀처럼 오리배를 타고 싶었어

4부

카페라떼

속을 보이지 않는 너
끝까지 알 수가 없어서
지그시 바라보게 되는 너

때로는 숨을 참아가며
때로는 호기심으로
때로는 그윽한 눈빛으로
봄에는 라떼가 되고 싶다

그저 바라보는 일로도
웃음이 번지게 만드는
라떼양 라떼양

오늘은 네 곁에서
행복을 느끼고 싶다

한차례 소나기

소리로 한번 시원함을 주고
살결에 시원함을 느끼게 해주고

처서 밤 바람은
끈적이지도 않고
잘도 날린다

가을 보리수

타는 듯한 무더위에 가을을 향하여 붉어간다
붉음이 짙어지고 짙어져서
입에 넣으면 먹을 것이 별로 없었던
붉은빛에 자잘한 점박이

어린 시절 가을에만 맛볼 수 있었던
시큼한 듯 떫은 듯한 추억의 맛
문득 이 밤 입안에 감기는 맛

내 어린 날의 가을 사립문 가까이에 달려서
부모님 사랑까지 기억나게 하는 보리수

초겨울 풍경에

단풍잎 잘 마르면
그 잎 곱게 가루를 내
얼굴에 바르렵니다
그것도 칼바람 부는 날이면
좋겠습니다
화사한 웃음 지으며 나서렵니다
그대와 만나 이야기하고
걷고 식사를 하는 동안
혹여 바람에 가루 날리어
그대 얼굴에 몇 개 붙어버리면
모르는 척 외면하렵니다
그대, 가루가 붙은 줄 모르고
종일 환한 웃음으로 다니겠지요
사람들은 그대 얼굴에 보석처럼 반짝이는 가루를
힐끗거리며 바라보겠지요
그렇게 하루를 거닐다 그대와 헤어질 즈음에
가루를 떼어 드리렵니다
어쩌다 함께 앉거나 걸어가는 여인이

그 가루 붙은 얼굴을 바라보다 웃어버리면,
그러다 이야기의 물꼬가 터져
내 마음에 질투가 생겨나면
아 그건 싫습니다
그대가 아닌 다른 이라면 몰라도
그대가 내 얼굴에서 날려간 가루로
다른 여인과 웃는 일이라면
그대조차도 미워질 테니
우리의 만남에는 그런 풍경을
넣지 않으렵니다

계단

걸음을 밟아 드는
몸의 무게에 온전히 올라서야만
하나의 이름을 얻을 수 있는 것

오르고 또 오르는 길은
흡사 등산과도 같아
땀과 인내가 쌓여야 그 목표 지점에
도달할 수 있는 그 이름

바람이 불어 지나가도 함께할 수 없고
그늘이 얼굴을 마저 내밀지 못하여
온몸은 열기로 가득해지는
그래야 이름이 쌓이는 그곳에
바람처럼 길게 누운 이름 하나

가을이구나

창문을 열어 두면
창틀을 넘어오는 바람이
벽에 와닿아
온 방을 헤집고 다닌다

끼니때마다 불을 지피는
부엌 언저리를 기웃거리다
돌아 나와서는 빈방으로
들어간다

어두운 구석이 싫은 듯
밖으로 잠시 나가
햇살 한 줌 물고 들어와
톡톡톡 털어놓는다

어둠이 눅눅해진다
햇살의 볼이 통통해지고
빈방은 금세 햇살나라로 변한다

가을 같은 여름밤

저녁나절
산 위로 산책길 나선
하얀 분칠한 달

급히 검은 핏돌 머금은
붓 한 자루 챙기고
싶어지는 밤

필통

학교에 가서 공부하려 열어보면
얌전히 들어앉은 아버지의 사랑
내가 무신경한 시간에 아버지는
마음을 깎아 넣어주셨다
날렵하고 다소곳한 모습으로
필통을 빼곡히 채운 아버지의 사랑을
오랜 시간이 지난 후에야
알게 되었다

가을 밥상

야외에 식탁을 펴둡니다
바람이 꼬들꼬들 익은 밥을
한 상 차려 놓겠지요

새들은 밥맛을 보려
포르르 포르르 내려올 테고,
잠시 후
고두밥을 훑으려
빗방울은
내려오겠지요

햇살은 나뭇가지 사이로
파고들어 가을
밥상을 찾아들겠지요

그것은 곧 풍경이 되어,
누군가의 눈에 뜨일 테고,
가을은 그렇게 소박한 일상인 듯

풍경이 되고 말 것입니다

병꽃나무의 병꽃

　나 어릴 때 언니는 손뜨개질을 잘했다 코바늘뜨기 특히나 꽃송이들을 뜨고 떠서 풀을 먹여 꼿꼿하게 된 꽃에 꽃술을 넣어 유리에 넣어 두었다 그 일을 잊고 있었다 마흔 넘어 자연을 사랑하며 그 곱고 아름다움에 취해 지내다가 병꽃을 보는 순간 언니의 꽃이 퍼뜩 떠올랐다 아 언니는 연두색 톤으로 손뜨개질을 했는데 혹시 알고 떴나 갑자기 더 궁금해진다 병꽃은 연두로 피어 핑크였다가 자줏빛으로 끝을 맺는다 며칠 전에도 아는 언니를 만나서 걸었는데 그 길에 병꽃이 비가 안 내려서인지 꼬들꼬들 말라 있었다 나에게 있어 병꽃은 언니의 또 다른 이름이다

보라

저기 산등성이 넘어오는 어둠을 보았는가
꼭대기부터 꽉 채워 넘어오며
뒷모습은 감춘 채 손에 손을 잡고
어깨와 어깨를 얼싸안고
짙은 어두운 산맥을 이루는
그 빛깔로 저녁 내내 마을을
뒤덮는다

성난 자동차들은 목적지를 말도 없이 잘도 달려가고
어둠이 나무의 몸 사이사이를 훑어내린다
밝을 때 보이지 않던 나무의 가지런한
가지가 드러난다

어느새 바짝 다가온 어둠
나무의 테두리를 어둠의
줄로 묶어버린다
서로의 묶인 모습에
적잖이 당황한 듯

눈만 깜빡인다

창

여름날 창을 열어 두고
저녁을 먹는데
왜가리 푸드덕
순간,
깜짝 놀란 나

어느새 빈 하늘

창은 또 하나의 하늘
또 하나의 창공에
닿는 길

6월이 그리는 9월

안방에 있으면
건넌방의 매실 익는 내음이
풍겨 온다

바람이 휘휘 돌아
달콤하고 시큼한 맛을 끌어내
나 있는 안방에 부려놓는다

매실의 몸 살갑게 어루만져
통통한 몸 가벼이 만드는
유월

구월에 다가갈수록
시큼함도 잦아들어
달콤함으로
계절을 맞이하겠지

가을 속에서 맛난 매실 맛에

밤 깊어 가는 줄도 모르겠지

압화

실핏줄조차 말라버린 몸 수천 년 화석이야 아니어도
물길까지 훤히 드러나 보이는 몸속과 멈춰버린 심장 꽃
도 오래되면 화석처럼 되더라

책

　상상력의 본거지다 책을 읽다가 시제가 떠오르고 그림
그릴 소재도 떠오르고 무엇인가 떠오르지 않을 때 책 고
랑과 고랑 사이 이랑에서 눈이 호미가 되어 구황작물처
럼 시어(詩語)를 가득가득 캐고 싶다

마지막 선물 같은
시심(詩心)이 깃들어 시목이 되었네

마지막 선물 같은 시심(詩心)이
깃들어 시목이 되었네

박재홍 | 시인 · 문학마당 주간

1

사람의 정신이 가지고 있는 역동적인 흐름과 복합적인 개성을 객관적으로 측정 분류한다는 것은 미지수이다. 천성자 시인에게 있어 시(詩)는 경험에서 출발해서 자기 인식에 도움을 주는 현재에 이르는 길이라고 보여진다.

말랐다는 건 할 일을 다했다는 것이다 모두 피었기에 이제는 더 필 꽃이 없다는 것이며 더는 살 수 있는 조건이 다 사라져 삶의 끝을 기다려야 한다는 것을 의미한다 말랐다는 건 쓸모 없어졌다는 것이다 쓸모 없는 것에도 아름다움은 남아있기에 쓸모 없다는 말은 거두어야 한다 마른 것 바짝 마른 몸에도 남아있는 마지막 선물이 깃들여 있어 버릴 수

없는 것이다
　— 시「마른꽃」 전문

　신장 투석을 하는 시인은 현재 몸무게가 35kg에 합병
증까지 겪고 있어 외출하려고 하면 큰맘을 먹어야 한다.
위 시에서 '아내', '엄마', '여성'으로서의 삶이 소진되어
가는 과정과 책임감을 내려놓고 시적 화자가 되어 내면
의 시적 대상에게 들려주는 '아름다움'에 관한 시심을
들려주고 있다. 천 시인에게 가장 두드러지게 드러나는
특징이라면 직관적 통찰과 소진된 사람만이 마지막 내어
놓을 때 가능한 '투명성'을 들 수 있다.

　여기서 경험되어진 직관적 통찰이라는 것은 파편화된
일상을 삽시간에 재구성하는 '자각(自覺)'과도 같다. 자
신의 살아온 과정에서 지나쳐왔던 전혀 무관한 사물과
사물, 대상과 대상 사이에 의미가 길을 내고 감추어진 신
기루가 걷히고 드러난 의미의 실체가 현실에 드러나는
것이다. 다음의 시는 반추하여 더듬는 가족을 살피는 중
이다. 몸이 허물어지고 신산한 삶이 그래도 기뻤던 시
'그 여름날'을 더듬고 아버지를 떠올리며 사라진 하늘의
별 대신에 추억이 머물고 있다는 시의 상실감과 애틋함
이 무엇으로 대신할 수 있을까.

텃밭에 수박이 뒹굴고 참외는 이리저리 노랗게 익어갈 때 밤하늘의 별빛은 곱기도 하였다네

아버지는 저녁을 드신 후 모깃불을 피우시고 텃밭 가까이에 멍석을 깔아 어린 나를 아버지 무릎에 뉘어 부채질로 모기를 쫓으셨지

아, 어린 그날의 밤하늘엔 별도 많아 귀로는 아버지의 자장가를 들으며 눈으로는 밤하늘의 별을 헤었다네 눈을 뜨니 어느 결에 난 방에 와 있었지 여름이 덥다지만 모기가 있어 귀찮다고도 하지만 내겐 오히려 그런 계절의 불편함이 만들어준 추억으로 지금까지 나를 행복하게 해주네

지금의 하늘에 별이 많이 사라진 별 추억이 빈 별자리를 메우고 있네
— 시 「그 여름날」 전문

천성자 시인의 직관적 통찰과 이지적 투명성이 절체절명의 병마와 싸우는데 면역력을 확장시키고 있고 이는 시의 내용을 통해 마른꽃이 생명의 춤사위 즉 볼레로의 춤곡으로 기화하는 것을 확인할 수 있다.

사실 모든 시인의 시원에는 코끼리 무덤을 하나씩 가지고 산다. 그것은 보편화된 시선으로 찾을 수 없는 새로운 차원을 말하는 것이다.

이는 천 시인의 시적 자질을 기대해도 좋은 바탕을 이루는 사실을 확인할 수 있다.

무기이면서

방패가 되는

뿔 하나
― 시「코뿔소」전문

이와 같은 시는 시인 나름대로 통찰을 기반으로 하여 이루어진 정제된 짧은 시일지 모르나 단순한 직관과 통찰이 시의 발화를 이루고 동시에 중심 내용에 시적 화자의 의지를 객관화시킨다는 점에서 새롭다. 이렇듯 통찰을 어떤 방식으로 보여주느냐 혹은 미적 형상화의 깊이에 따라 이지적 투명성 세계를 구분한다. 직관에 의존한 통찰력은 다분히 작가 개인의 능력으로 비칠 수 있으나 그 깊이의 차에 의해 각성에서 일상에 이르는 공유할 수 있는 능력이 이지적 통찰력이라 하는데 천성자 시인의 이 짧은 시 안에서 시사하는 바가 크다.

2

규칙적으로 신장 투석을 받는 시인은 몇 달 전 소천한 남편의 병시중을 하면서 일상을 감당하기 힘든 결핍 속에 노출되었다. 남편의 소천 이후 헛헛한 그녀의 일상에 아이가 사준 컴퓨터는 세상을 소요하는 계기를 만들었다. 《문학마당》을 10여 년을 후원했었고 시를 사랑하였다. 그뿐만 아니라 시는 이번 시집을 엮는 발화점이 되었다.

나뭇가지마다 뽀얀 길이 나 있다
곤충들의 길은 막히고
길가에 쌓인 눈으로
사람들의 길도 막혀버린다

바람은 자유로이 불어 대고
새들은 찬바람에도
훨훨 하늘을 날아오르고
건너편 산 품에 날아드는
새들로 산은 직벽이 된다

멀리서 바라보면 절벽으로 날아들어 혹여
절벽 아래로 떨어진 건 아닐까

산 곳곳마다 검게 칠한 듯
선은 곱다

눈이 내린 날이면 곤충들은 길을 나서지 않고
방에 들어앉아 있는 모양이다 오랜만에
이야기꽃을 피우는지 눈이 내리면
곤충들이 있는 그들은 가족이 있는
땅 아래에서 열심히 일은 하는지
잘 있는지 그런지
— 시 「눈이 내리면」 전문

　아프로디테와 페르세포네 사이에 '아도니스'처럼 1년
의 반은 아프로디테와 지상에서 살고 또 남은 1년의 반
을 페르세포네와 함께 명부에서 살아야 하는 약속을 하
고 생명을 얻게 된다. 살아온 날수보다 살아갈 날수가 짧
은 시인이 바라보는 물경은 곤충, 눈, 바람, 새 등과 땅
아래의 세상에 대한 궁금증을 들어낸다. 이는 건강의 결
핍과 오늘을 살아야 하는 불온한 몸의 기능성에 대한 두
려움 혹은 '죽음'에 대한 두려움이 깃든 서사를 통해 드
러난다. 이는 몸의 결핍에 따른 시간에 의한 소멸시효를
기다리는 인간의 존재론적 역설이라고 해도 과언은 아니
다. 나약한 인간의 운명에 대한 초월적 진리를 내포한 발
원의 역설이라고 할 수 있다.

바다와 내가 술을 마신다
내가 두 잔
나머지는 네가

마시고 또 마셔도
불그락빛 전혀 없는
푸른 바다의 주량

출렁이는 물결을 안주 삼는 동안
저녁을 알리는 등댓불은 켜지고

불빛 따라 집으로 걸어오는 내 등 뒤로
진하게 풍기는 바다빛 술 냄새와
함께 혀 꼬인 바다의 말
내일 또 와
— 시 「그러자꾸나」 전문

겨울나무는 잎을 다 떨구고도 나무이기를 포기하지 않습
니다
— 시 「겨울나무」 전문

한 음절로도 설레임을 주는 단어
— 시 「첫」 전문

위 3편의 시는 직관적 통찰에 의한 존재론적 역설에 속한다. 이러한 표면적 모순을 즉각적으로 인식되지 않지만 이를 죽음과 대치한 인간의 가장 낮은 마음에서 자각을 통해 알게 된 역설임을 알기까지 천성자 시인의 삶은 일상적인 논리에 어긋났다는 것을 경험으로 알 수 있었다. 그것은 말로 표현할 수 없고 문자로도 표현할 수 없는 불립문자일 수밖에 없다. 결국 시는 그렇다. 시는 자연의 고통과 죽음의 순환 과정을 거쳐 하나의 형상을 이룰 때 살아 있다고 전율하는 것이다. 시 「겨울나무」, 시 「첫」의 단언하건대 이지적 투명성의 절정이다. 그러나 겪지 않으면 의미를 인식할 수 없고 해소하지 못해서 언어적 긴장을 보여준다는 점에서 천성자 시인의 시는 쉬울 수도 있고 어려울 수도 있는 이지적 특징이 있다.

3

시는 법화경의 말씀처럼 "회자정리거자필반(會者定離去者必返)"의 규칙성을 띤다. "만난 사람은 헤어짐이 정해져 있고, 가버린 사람은 반드시 돌아온다"라는 인연법이다. 인생의 무상함을 떠올리며 하는 말인데 천성자 시인의 시집 『마른꽃과 볼레로』에서는 사람과 사람, 사람과 일, 사람과 사물, 사물과 사물 등 세상에 발화되어 이어온 모든 이치를 궁구하고 있다.

　　며칠 전 눈이 내리던 날
　　창을 열고 방충망을 열고 손을
　　길게 내밀었다
　　눈이 내 손바닥에 떨어졌다
　　곧 물이 되었다

　　그리고 오늘 눈이 숨지면
　　물이 된다

　　살아 있을 때는 눈
　　숨지면 물
　　눈을 뒤집으면
　　곡

　　삶과 죽음은
　　반대
　　— 시 「이런 문제」 전문

　　맑음, 봄을 간절히 그리워한 날
　　삼월과 샅바를 쥐고 씨름하는
　　봄이 거기 있다

봄이, 봄은 그 이름을 부르기만 해도
온몸이 따뜻해지는
그런 날이다
— 시 「삼월하고도 십일일」 전문

　유한한 생은 회복되지 않은 몸의 현상에 관해 묻지도
않으며 답을 전제하지도 않고 오늘을 견디는 것으로 유
보할 수밖에 없다. 이렇게 직시하는 생의 이면 이것은 시
적 질문이다. 천성자 시인이 시에서 비롯된 이러한 질문
은 해갈되지 않는 결핍의 수줍음과 해갈되지 않은 인생
에 대한 작은 물 한 모금 같은 시심(詩心)이 지친 삶의 궤
적을 위로받고 있다. 살아온 가난한 삶을 시는 단정적이
지 않으며 결핍에 힘든 일상을 일으켜 세우고 불꽃처럼
타오르던 찰나의 시간과 공간 속에서 봄, 햇살, 바람, 곤
충, 소나기 등과 절기의 순환을 통해 흙으로 돌아갈 생명
에 대한 이지적 투명성의 눈 즉 타자의 시선으로 담담하
게 수용해 가고 있다. 시적 화자의 철학과 인생관보다 더
단순한 일상에 대한 답을 명쾌하게 담겨 있다는 점에서
겸손하고 담담하게 읽는 이로 하여금 다가선다.

　속을 보이지 않는 너
　끝까지 알 수가 없어서
　지그시 바라보게 되는 너

때로는 숨을 참아가며
때로는 호기심으로
때로는 그윽한 눈빛으로
봄에는 라떼가 되고 싶다

그저 바라보는 일로도
웃음이 번지게 만드는
라떼양 라떼양

오늘은 네 곁에서
행복을 느끼고 싶다
— 시 「카페라떼」 전문

타는 듯한 무더위에 가을을 향하여 붉어간다
붉음이 짙어지고 짙어져서
입에 넣으면 먹을 것이 별로 없었던
붉은빛에 자잘한 점박이

어린 시절 가을에만 맛볼 수 있었던
시큼한 듯 떫은 듯한 추억의 맛
문득 이 밤 입안에 감기는 맛

내 어린 날의 가을 사립문 가까이에 달려서

부모님 사랑까지 기억나게 하는 보리수
— 시 「가을 보리수」 전문

시적 화자가 건네는 말이 타인으로 이해할 수 있지만 필자는 시적 대상이 바로 물아일체(物我一體)가 된 대상이 관념화된 자신을 향한 나지막한 목소리로 들린다. 찾아오는 이 아무도 없고 찾아갈 사람이 없을 때 새가 될 수도 있고 꽃과 열매가 될 수도 있고 변하지 않는 모든 자연의 상관물일 수도 있다. 이는 답을 기다리지 않고 직접적으로 제공하는 자신의 마음이 직관에 의지하고 오롯하게 시심을 압도하고 있다. 직관의 난해함이 대상의 시는 난해하기는 하지만 독자의 상상력을 부추기는 여백을 둔다는 점에서 장점으로 봐도 무방하다.

4

천성자 시인의 첫 시집 『마른꽃과 볼레로』는 일상의 언어가 결핍에 대한 삶의 모순을 드러내는 역설의 언어가 될 수도 있고 일상의 견디는 삶의 신산은 더 투명해지는 시심과 웅숭깊은 포용력을 갖추게 됨을 보았다.

소리로 한번 시원함을 주고

살결에 시원함을 느끼게 해주고

처서 밤 바람은
끈적이지도 않고
잘도 날린다
— 시 「한차례 소나기」 전문

저녁나절
산 위로 산책길 나선
하얀 분칠한 달

급히 검은 핏돌 머금은
붓 한 자루 챙기고
싶어지는 밤
— 시 「가을 같은 여름밤」 전문

야외에 식탁을 펴둡니다
바람이 꼬들꼬들 익은 밥을
한 상 차려 놓겠지요

새들은 밥맛을 보려
포르르 포르르 내려올 테고,
잠시 후

고두밥을 흩으려
빗방울은
내려오겠지요

햇살은 나뭇가지 사이로
파고들어 가을
밥상을 찾아들겠지요

그것은 곧 풍경이 되어,
누군가의 눈에 뜨일 테고,
가을은 그렇게 소박한 일상인 듯
풍경이 되고 말 것입니다
― 시「가을 밥상」전문

  결국 천 시인이 쓴 가난과 장애로 인한 삶의 결핍은 4
부 55편의 시 대부분에 잠복되어 있다. 이것은 남은 생
에 불안으로 작용하여 서서히 형체를 지니고 균형이 잡
힌 결핍의 실체로 물질이 되어가는 것이다. 시심은 불같
으나 시는 미완의 상태로 세계를 반영하고 있다. 하지만
위의 시「한차례 소나기」처럼 삶에 균제미를 가지고 정
제되고 완성도 높은 시심으로 소재를 선택하고 시적 화
자의 시적 대상에 대한 자각에 이르는 노정을 담고 있다.
그녀의 시는 시작과 끝이 '동일성'의 공간 배경을 갖고

소멸시효를 기다리는 시간의 궤적 속에서 시와 삶이 다소 이질적이기는 하지만 이러한 이미지의 낯선 결합은 최대한 고통스러운 현실을 약화하면서 직관적이며 통찰력 깊은 시를 쓰는 이러한 노력은 앞으로 투명함이 극대화된 작품이 되어갈 것임을 기대해 봐도 좋겠다. 시「가을 밥상」은 자기 삶의 마지막 만찬을 자연에 내어놓으며 흙으로 돌아가는 예감을 적은 것이라 가슴 한쪽이 무너질 정도로 아픔이 느껴지지만 이것을 불가 환생의 순환 주기를 말함과도 같으니 윤회는 억겁의 시간 속에서 자맥질하며 그의 시심을 기억할 것이다.

2024 장애인 창작집 발간지원 사업 선정 작품집

마른꽃과 볼레로

1쇄 발행일 | 2024년 12월 20일

지은이 | 천성자
펴낸이 | 정화숙
펴낸곳 | 개미

출판등록 | 제313 - 2001 - 61호 1992. 2. 18
주소 | (04175) 서울시 마포구 마포대로 12, B-103호(마포동, 한신빌딩)
전화 | (02)704 - 2546
팩스 | (02)714 - 2365
E-mail | lily12140@hanmail.net

ⓒ천성자, 2024
ISBN 979 - 11 - 90168 - 95 - 3 03810

값 10,000원

발행기관 | 장애인인식개선오늘 **(042)826-6042**
주최 | 장애인인식개선오늘(고유번호 305-80-25363. 대표 박재홍)
주관 | 대한민국 장애인 창작집필실
심사 | 발간지원 사업 심사위원회
후원 | 대전광역시, 대전문화재단, 갤러리예향좋은친구들, 문학마당, 한국장애인
　　　문화네트워크, 드림장애인인권센터, (주)맥키스컴퍼니, (주)삼진정밀

문의 | (042)826-6042